トレモロ

萩野なつみ

目次

トレモロ

祝日

くらいうちに雨に逃がした
わたしたちの足跡
かたくなに
まだ息をして

あさ
ちぎれた五線が
寡黙で清潔な庭で
しらじらと燃えつづける
まどろみながら

細目をあけてみていた

鳴る、ために
さみしさをためこむ
わたしたち
昨日の鍋を火にかければ
にんじん　だいこん
ことこと、と
くずれていくかたち

行き着くのか帰り着くのか
みつけてほしくて
わすれてほしくて
ずっと明滅している
祝日の体温と
洗濯槽の春と

安心して途方に暮れて
ひかりにまみれて
どうしたって生まれてしまう
生まれたまま死んでしまう
やさしいもののもののため
空は前触れもなく
しずかに割れる

乏しい色彩の虹が
きみの頭上に立つ
逃がしたはずのもの
放したはずのもの
なにもかもを引き連れて
なにも持たず出かける

輪郭のない足跡
ことこと、
たよりなく
あてもなく
鳴る、

それでいいよと
ほほえみかえす
あてのないものは
とてもあかるい

彼岸

どこにいるのかと問われて
ここにいると言えなかった

街が
すべての喉をゆっくりと洗っていく
うつくしく　あるように

抱き寄せる
うたう

悲願、彼岸

＊

絶たれる、という救いを
あなたの虹彩に見た
春
日照雨にけぶる路地に
やわらかく血が滲み

（ここだよ）

光ることに飽いて
背をなぜる
あらかじめ　遠いものとして

はつなつ

いくつものあかるい肺が
埋め火のように透けるから
あなたは
ここが果てだと言う

微睡に腕を引かれて
岬をまわれば
足をさらう群青

＊

頁を繰る
髪をあらう
いとなみでつくる波紋の
あわいにともるはまなす

なつかしい幼い眼
よるべない柑橘の香

おいで
縺れた背骨はここにある

＊

すべては
あらかじめ崩れるから
安心していい

それでも重なっていくものを
波をたたく羽音を
深爪を　にくんだ

いっぱいに吸い込む影に
ひんやりと満たされるまま

＊

無辺のわかれを糧に
ひかりは泡立つ

わかっているよ、と　わらって

ならべて剥く果実の
みずみずとこときれて
あなたの焼けた指が
ことしも
しずかにほどくはつなつ

セピア

雨が
無数に身ごもるひかり

キッチンで爪を切る
おまえのうすい背に
ちいさな染みが広がっていく
渡しきれなかった嘘
透けた秒針
干からびた珊瑚

ただれて
千切れてなお　まもられる
もう
誰のものでもない瞼

＊

街は
いつもきらきらと足りなかった

ひくい場所で
這いつくばるさみしい休符を
ひとつひとつ牛乳にひたす
ほら

てのひらは鱗粉をまとって
さめざめと白む
ここまでが夜

散らかる花蕊を
そっと骨に仕立てて

＊

どの喉も通過できる風があるとして

なにを見て　なにを穿つ
粘性のあとがきが
燐光をはなつ昨日に

いい
待たなくていい
あの夏
空をゆくモノレールが
ゆっくりと轢いていった舌は
薄暮の中に燃えつづける

＊

庫内灯に降る
まだかたちになるまえの雪と
見放されたやさしい呪文と

生き延びて
寄せ合った虹彩の満ち欠け

いつか
知らない部屋の
懐かしい黴の匂い――
わたしたちは
立ち尽くしたまま
未踏の海を分け合っていた

＊

まぶしかった、とても

乾いた風をはらんで
つめたい皮膚がたなびく
聞こえない
わたしたちは空洞で
初めから満ちていた　だから

鉢植えは露を乗せて
清潔にだまっている
ここからが朝
途方のなさに安心して
裸足で目覚めてまた眠った

＊

あとかたのないものをあいして
ただ　うたを摘む

なにも触れていない
触れられてもいない
だから歩ける
水差しに迷い込んだひかりが
どこかの湾岸線で生まれなおす
そのころ

おまえの
伏せられた睫毛につらなる
野辺で誰かが踊っている
かぼそい雨の中
とことわに

夏陰

だれも降り立たない
だれも顧みない
その眼底を着点として
めぐりゆれる客車、
白南風に
耳をとじ腕をさげ
おまえは
いずれほどく火にもたれて
もう　ひらかないと決めた

日傘の紋の
まだまとう草いきれ
踏まないで
みていて
幾千の声が
手を振るすがたのまま
水切り石のように跳ねて
さめざめと結晶する

血も　ゆめも
おなじあかるさを保つもの
あれは夏
母音だけを残して
捩れながら落ちていった
みじかい会話

境界を
すべる、はしる
膿んだ海におどる
陽炎
干からびたひかりごと
身投げするように忘れては
また　口ずさんでほしい

そして夏
どの切っ先にも触れられずに
ただ喉をさらして
みどりに濡れる
鼓膜の向こうがわへ　ゆく

午睡

屋根にひかる
雨の名残
リネンの隙間を泳ぎわたる
蜩、潮騒、とおい会話

ひとつ、ふたつ
猫をみつけた子供のように
呼びとめてしまう
わきあがる雲の峰を
すでに決めた足どりで

駆けのぼる季節風のさなか
かすかにうなずいて去る
うすあおい足音たち

日付は打たないでおく
無数のまならに
あかるく濡れた切手を貼って
誰へともなく送りたい
ぬるくたわむ午後
ここにいてここにいない
やがて
むせかえるほどしずかな凪がくる
そのまえに

看取るべきものを看取り
わらったはずの窓辺に

余白のようにさざめくカーテン
ふれて、
なくした呼気をにじませたなら
濃い影をしたがえて
あらゆる景色に
ひるがえる

出会いたかったあなたに
うたいたかった歌を
まどろみの底に浅く埋める
いつか
墓碑を濡らす雨にめざめて
ほそく立ち上がる
めぐりの果てで

誰も知らぬ夏に降り立ち

名も知らぬ屑星のように
すれちがう

夏の声域

わたしたちのうるんだ素膚を支点として、あぶなっかしく揺れる澄んだ昼。
光は何も纏わないから、何を望むとしても、立ち竦むしかなかった。
つぐんだ唇の上に、かろうじて滲み出るものを集めて、海だと言う。

水面にくるめく
夢のような青白い雑音にくるまれて
息絶えたかった
夏の、

次第に翳る頬に
淡い読点を散らして
待つことはいつもさみしい

眼を閉じて泳げば、そこかしこで爆ぜるてのひら。いつかの息のつぶて。
わたしたちは幼く、たわむれに葉むらを燃やすように言葉を食む。

もしここに
果実のように
あらゆるはぐれた声が流れ着き
いっせいに弾けたなら
そののびしろをまなざして
わたしたちはきっと

生まれなおす

しぶきを受けて、ひとしれず散逸する物語を、かえりみることはもうない。
それでも耳の底にひろがる花野、暮れない夏の、しずかな皿とあかるい喉。

くすぶる光に
空腹をおぼえたまま
すこし　わらって

うたかた

その胸に
いつかしのばせた海が
息絶える時の色を
おぼえていて

夏のぬけがらが
打ち明けそこねた夢のかたちで
もう遠いえりあしにからまる
うた、かた
あの日

残照にうずめる旋律の角度で
いっしんに泳ぎきろうとした
微熱のあわい

とりかえしのつかなさを
いびつな声の言い訳として
なおも抱いてねむった
いずれ
きえない雪となる心音が
その耳を覆うまで
どうか　腕を振らせて

間違いではないよと言いながら
踏みしだく花野
いま
はぐれた唇から放られたひかりが

いとしい名をかたどる
だれの目にもとどかない場所で

あけぼの

みてごらん
そう言われて仰いだ鳥海の
鳥海につづく果ての
火と
産声

2050

上野じゅらくで夕食をとり、秋田までの切符を手に、13番線に向かう。電光掲示板の下を過ぎ、人の群れを逸らして。うつむき気味の目がちらほらとあるホームで、缶コーヒーを片手に待つ。やがて入線のアナウンスがあり、ゆっくりとすべりこむ青い車体。Ｂ寝台個室の上段に上がり、荷を置く。発つ。

おまえの拍動が
しんしんとひびく夜更け
ひとり
さぐる指はぬるく
湾曲した窓のたもと
わたしを通過する
いくつもの灯をみている

たたん、たたん

ざらついた舌に

すこしの水と
またたく祈りと
乾いた悔いをのせて
夜汽車よ
おまえにあずけているこのからだ

☆

連れて行こう
わたしの中のちいさな
父、母、いもうと
まだ産まれてもいない
その眼がたしかに映していた
川も

工場も
ホテルのネオンも
雑木林も
くらぐらとわたしを過ぎて
わたしへとかえってくる

ここに季節はない
おまえたちが裂く夜だけがある

2138

大宮。帰宅する人々がホームにあふれていて、そっとカーテンを閉める。漏れてくる喧騒を、何か遠いもののように聞く。どこから来てどこへ。北への分岐点に人は集まり、散っていく。もう車内放送は終了しており、しずかにまた夜の中へと。

知りたかった、ただ
遠い日の

掌から掌へ
花々は受け渡されて
薄明のなか
浮きしずむ星をかぞえるあいまに
しらず途絶えた声があった
うたがあった

その色を
ひびきを
行きつくさきを
知りたかった

遠い日の、

☆

つらなれば
いずれほどけて
だから
そのために約す夢があった
噛み潰して
等分に裂いて
おまえのゆく道に点々と置く
照らし
照らされて

窓に映りつづける
わずかに傾ぐからだの
最奥に着地する
やわくしろい爪先

2246

手洗いに立つついでに、開放寝台の客車をのぞく。もう寝息を立てている人、窓際の椅子でじっと窓をみつめる人。ほどなく、関東最後の高崎に着く。ここを出れば明け方まで停車駅はなく、自販機に飲み物を買いに走る人もいる。個室に戻り、備え付けの白いシーツをしく。

北へ

ふところにしずもる
真水に似た諦念は
ゆえにあかるく
おまえを真っ直ぐに運ばせる

違えてなどいない
うつろうこともない
いくつの睡りをまとっても

転輸機のふるえに
青いからだを沿わせて
ゆく
いっしんにゆく

☆

歌ってほしい
すべをなくしたもののために

山の端をよぎる夜鷹の
ほのぐらい眼底を落ちる星が
ふと消えるとき
おまえはひと声
鳴きながら過ぎるのだ
湿ったむさしのの影を連れて

歌ってほしい
そうおまえも願いながら

ここにいる、
ここにいる、

020

読んでいた文庫本を閉じ、枕もとの有線を低くつける。電灯を消す。カーテンの隙間からは、通過する無人駅や踏切の灯と、列車が自身の存在を闇に知らせる警笛がときおり漏れてくる。ふと、暗い中で停まる。信号待ちだろうか。どのあたりだろうと外をうかがうも、わからない。やがて動き出し、長いトンネルに入る。

まどろみのなか
ふれる指がある
いや　雪、
ひどくあたたかな

たたん、たたん

わたしからおまえへと
おまえたちへと
何を手渡せるだろう
ふる問いは
宛てなく積もり
しんしんと運ばれる
色づくまでのつかのまを

☆

やすらかであるように

夜を裂く心音は
ほつほつと微熱を守り
ふかい河をわたる
おまえは仰がない
星灯りなど
けして

北へ

老いをにじませた
それでいて幼い双眸の
見据えるさきへ

318 〜 433

高崎を出て以来の停車駅、村上。羽越本線に入っている。その後、あつみ温泉、鶴岡と、新潟と山形の県境を跨ぎながら海岸沿いを走る。浅い眠りのなか、停まるたびにうすく目が覚めるが、いつのまにかまた眠っている。外はまだ暗い。

くずおれた遠い会話の
向こうにふる花をみていた

夜を通して
ほのあかるいリネンの
やわらかなつめたさ
たゆたえば
訪う潮の

断崖から断崖へと

かろやかにとぶ
あわい声、

☆

想いを手放して

やがては錆びる脚で
やがては朽ちるみちをゆく
ただしさに
ととのった呼気を放てば
つかのまを
くろい蝶が飛び去る
だれもいない踏切の音とともに

ちいさな眼は
眼たちは
火を
待っている

447

気づくと、隙間からのぞく空がほんのりと白い。列車はゆるゆると減速しているところだ。余目に着く。降りる人はまだほとんどいない。外はすっかり海のにおいだろうか、そうぼんやりと思いながらカーテンを開けて、買っておいた茶を一口ふくむ。

分かたれて

風の色を知る

薄明をゆき
のち
この手にあまくかえるもの
砂は乱され
吹きあがり
おまえたちの頬を汚す

針のように光り
すぐさまくずれては
もくもくと
息を運ぶのみの

☆

ゆるされたからゆるした
そのかなしさに
喉をひたして歩いてきた
ここまでを

何もしらず
しらぬふりで
差し伸べられる腕の
内側のあおさよ

またゆるされて

すべらかに境界をわたる
未明の風をみている

500

前方に、なだらかな二つの頂を持った山が見えてくる。鳥海山だ。山形と秋田の県境にそびえる、出羽富士。白んでいる空に、暗く、ゆうゆうと浮かび上がる。それを待っていたように、青い車体は警笛をひとつ鳴らす。酒田に着く。

ここにいる、
そう語っていた
絶えず

父と母と
いもうとと
引いてきたはずの手は

すでにあわく消え去り
眼だけがくろぐろと落ちている
その底に
いまだ満ちる霧のふかさよ

ゆらぎ
にじむ
祈りの、

☆

あけぼの、
おまえの名
睡りもめざめも

おまえのうちではひとつ
まっすぐに鳴きながら
ひとときの
浮き沈む渚をゆく
絶えて
やがて
おまえがついに
ふかぶかと安らぎを得る日も
そのままならうらには
火に濡れた風が吹くだろう

513

遊佐。ここを出れば、また海ぎわを走る。山側の個室のため、デッキか開放寝台の車両に移らなければ海は臨めない。もう空はだいぶ明るく赤く、太陽を背にした鳥海山はその影をいっそう濃くしている。まだしばらくは個室にとどまる。日の出は近い。

みてごらん
そう言われて仰いだ
遠い日の

真昼の蟬の声
夕のすすきのざわめき
夜更けの雪の気配
朝ひらく花の匂い

すべてに
越えようとした光があった

うたがわず
まばたきもせず
仰いだ山のかなた

☆

陽が
おまえたちを刺す

産声は産声を生み
いちめんの稲穂を駈け
青いからだを
眼を

金色のしずかな叫びで
みるみる染めてゆく

くりかえし
くりかえすもの
ひとときの

稜線の向こうに
ひるがえり消えゆく蝶

537

陽は昇った。秋田に入り、最初の駅の象潟に着く。かつて一帯が湖だった頃に浮かんでいた小島がそのまま保存されていて、水田の中に点々と見える。畦道をゆく軽トラ、ところどころにぽつんとある墓地、踏切に待つ人影。朝の光の中で、鳥海山はすべてを包むように聳えている。

果てへ

あかあかと
厳かに手渡される水脈に
おまえたちの眼は湿り
語っていた、あわく
黙していた、ながく

たたん、たたん

途上
鳴いたのは刻むため
去った星も

ほどける影も

☆

稲穂、凪いで
きしむ心音の
つづるゆくさき

雲の鱗のふちを
こまやかに舐める陽
きらかに
くずれてはのびて
追うようにおまえはゆく
いっしんに

まるでそこに
その果てに
みずからを埋めにゆくように

548

仁賀保。通路に出る人の物音が増えはじめる。促されるように、自分も洗面に立つ。デッキには、駅で吹き込んできたのだろう風の、かすかな朝の、潮の匂いがする。身支度をして、シーツをたたみ、昨晩茶とともに用意しておいたおにぎりを食べる。

そこかしこ
めざめる掌に
等しくとどまるうたがある

まだ残る霧を抜けるたび
おまえの喉は軋み
あかるみ
掬いあげた目蓋の
残り火を丁寧にぬぐっては
ゆくてをはるばる照らす

かすれても
耳をなぜる
倍音の、

☆

振るためのふやけた掌、
呼び込んだ潮風に
錆びてゆく夢の
余白
あおく

幼いおまえたちの静脈を
かつて駈け抜けたうたがある
のびやかに
胸をひろげて

鳥海、
そのふところに
またあたらしい羽を託した

601

長い間窓の内にあった鳥海山も、後方に去っていく。羽後本荘。荷造りをすませ、反対側の景色を見ようと、開放寝台の車両に移る。まだ寝息の聞こえる寝台も多い。出発後ほどなく、ハイケンスのセレナーデとともに、車内放送が再開される。
そして、海。

呼ばれていた、ずっと
まだ靄のかかった朝凪の
沖をすべる漁船
瞬いて
水脈は海にそそぎ
やがてあとかたもなく

まなざしを残して砕けてゆく

睡りもめざめもひとつ

おまえは負う
いまこの時に立ちのぼる
いっさいの声を
よるべない微熱を

☆

かえっていく、すべて

火は風を呼び

風はさざなみを呼び
めぐり
夢も憧憬も
ねがいも、

たたん、たたん

終着駅のさらに向こう
ひた走るおまえの指し示す
地平のふかみまで

そこに季節はない
ふたたびの羽化を待つ
おまえの
おまえたちの
あけぼののがただ　ひろがる

638

前方に男鹿の岬を臨みながら海に沿い、やがて内陸に入り、秋田に着く。個室に戻り、まとめた荷物を手にすみやかに降車する。ひんやりとした朝の空気が、やや寝不足の胸に心地よい。青森に向けてゆっくりとホームを離れていく寝台特急あけぼのの、青い車体が見えなくなるまで、立っている。

寝台特急あけぼの……1970年に、上野～青森間で運行を開始したブルートレイン。乗客の減少と車体の老朽化により、2014年に定期運行終了。臨時運行も翌年終了し、事実上の廃止となる。

横顔

ゆびを見ていた
缶コーヒーをしずかに振り
かしり　と開ける
いちれんのしぐさ

落ち葉をふむ鳩のあしおと
わたしは
顔をあげられない

かすかな汽笛

港まで歩いて行ける場所で
うみ、という
たった二文字の
遠さを思った

なにかを言いかけたままで
なにかを言われかけたままで
生きてゆくということ

まひるのひかりが
ゆるやかに彫りあげる
からだのかげと
ゆびと
ようやっと見た横顔と
いくどめかの台風のあと

すずやかな空の下
特別なことは
なにひとつなくて

潮の匂いのなか
言いかけたままでわらっている
目のはしの
ひだまりのふかさを
おぼえている

雪

いくど　道を違えれば
おなじ雪がふるだろう

眼を伏せてわらう　あなたの
ながい影が落ちて
しずかな湖となる
夕刻の

すずなりの

すずかけの実と
はぐれた稚魚のような
しろい月

＊

湖面が
わたしの脚先にふれて
ひたひたと
ゆびのあわいにふかく沁み入れば
かすかにひろがる波紋の
ふるえるゆくさき

あなたの耳は
わたしのしらない空にひらかれて
だれも鳴らしたことのない
楽器のようにあかるむ

＊

芽吹くのにはまだ早く
摘むのにはもう遅く
そのような言葉ばかりをかかえて
いくつもの湖畔を過ぎた

ゆるやかにくさる脚を
ひたしつつゆらせば
しろい魚はちぎれて
透きとおる血をながす

対岸にひとは住まない

＊

すずかけの実も　また
その耳にわずかな影を落とすこと
あなたはきづかぬまま
眼をあげてゆびさす

幾重ものさざめきが
鼓膜をゆらし　ふさぎ
なお保たれる
そのあかるみの真中に
わたしは声をひとつ置く
うなずきながら

＊

湖面も木々も　ただよう魚も
わたしの
振ることしかできない腕も
やがて来る夜に溶けて

あなたもしらない空へとかえり

いつか　いくどめかの角で

鱗がふる

雪を模して

早天歌

だれかの
胸に秘められた信仰のように
空気をしんとにじませながら

窓からのぞむ操車場に
夜通しともる橙の灯

ひとの息差しを乗せて
流れ着くもの
みな音階を抱いて

触れられる前にほどけていく

繰る。手繰る。
あなたの内の、あなたの忘れた浅瀬に、
置いたまま忘れてきたわたしの靴。
鍋底に落ちた屑星は驟雨を呼び、
かたわらでしらず昇華するながい影。
見て。
あんなに彼方で
また煙が立っている。

ねむれずに
浴室に立つ
満ちた冷気を泳ぐ

月のひかりと
漂着したものたちの
かすかな熱と

うたうことは慰めではなく
もう一度
だれかの海をあるくこと

ちびた石鹸を
いのるように泡立てる
ふるい靴にすり込めば
ゆるやかに浮き上がる面影

腐葉土のにおいが消えない。
いつかうずめた、声と尾びれと、

夜火

蔦のからんだ指が
湿った髪をすく
午前二時の
牛乳瓶の底に凪ぐ街灯り

朝までに死ぬ鳥の
あおい名をかぞえる
船溜まりにふる雨、ふらない雨
いくつかの顔のない影
満たされたならおしまいと

挑むように這う蔦に
こびりつくさみしい心音

網膜とともに燃える
張り付いてねむる蛾の羽を
そっと剥がせば
褪せた夕景がぼろぼろと落ちる
果てればいい、どんな所作でも
うなずくだけの幻想でも
均等にめぐる水
どの定点に立ち戻っても
客車の窓はしずかだった

流星雨
孤立した葉脈
いま

ただれた声に追われて
しなやかに巻き取られる
淘汰された心象
あけ渡すかかとの下で
街は白く焦げていく

冬の遠泳

裸足で
辿る、見違えたままの星図
いいよ
砕かれた寓話のようにわらう
うつくしい街

＊

冷えた耳朶、ネオン、ほつれた運河
遠ざかるための眠りを
あなたに

声は雪
めぐる静脈の底で
いつだって
わかれのかたちに結ばれる

＊

いくつかは忘れない
いくつかは、忘れる

それだけのことなのになぜ　泣くの
舌先ににじむ火を合わせて
忘れるほうの空に浮かべた
冬の
はるかな黙契として

＊

名指さず
名指されず
あかるい
譜面のように辿る星図

またたく灯
泳いでみせて
このすべてがあなたの夜

トレモロ

滲みながら浮き上がる
あなたはわらう
着氷して
踵からひらかれる朝

ここを　この窓を
ゆるぎない行間として
満たしていくトレモロ
建売りの連なる屋根のまぶしさ
食卓の湯気にすこしかしいで

あきらめる胸ごと
生き永らえればいい

たかく
ひくく
数え疲れても
そらさずにいて
耳はつめたく燃えて
わずかな陰りにさえ
ふかぶかと
透きとおる根を張っていく

その腕がその脚が
その眼差しが
青芒の原になり
湾岸をゆくテールライトの列になり

なにも持たず
なににも似ず
それそのものとして
触れるすべては港、
光源

あらゆるやわらかな誤読を
濡れた前歯が砕いて
なお満ちるトレモロ
もしかしたらもう一度
もう一度
届けられるかもしれない歌を
あなたに

錆びた如雨露から
あわい虹が立つ

雨をしらない皮膚が
かさぶたのなかで育っていく

彼方

髪をすく
青い微風
眼をあげれば　まるで
ひとの生まれる前から
ひとのうちにあるような
鈴の音のみちる庭

このひと日を
あなた、と呼ぶとき
ひっそりと咲いて枯れる花の

透きとおる血潮
手繰れば
はぐれた　はつなつの
肌に落ちる睫毛の影、
真昼のふかみにほとびてゆく
消え入りそうな五線譜の
いまだけは
ゆびさきにからんで

あやまちを　あやまちとして
胸の奥にうずめては
いくつかの
やわらかな横顔をおもった
途絶えた声の温度を
ゆめのうちにはかるたび
点描のように

ふるえながら耳はあかるむ

ブルー、ブルー、あなたへ
うたいつづける鈴のなみだを
告げられなかった花の名を
さざめくひかりの中で
知りすぎてしまったことを
あなたへ
かえそう、

その腕も　また
どこかへと伸びるのなら
おしえてほしい
この風を生む場所に
どの唇も通らないまま
しんしんと

ねむることばを

夏果歌

どこまで

紡がれても陽に濡れて、揮発するうたを
ひととき
耳朶にとまらせてあゆむ夏
呼びとめたいと、ねがう
ねがうまま
蒼く暮れる静脈の波間に
あなたの影をとじてゆく

予告灯の明滅が
ひとかけらの夕闇を穿てば
こぼれくる　あてのない宛名たち
凪いで、
何を守ろうとして色づく
鳴らそうとする
熾火のような爪先

どのまなざしも
偽物の海鳴りに奪われたとしても
いつか
遠く再生する
わたしたち　うなずいて
いまはどこにも
行けないから、夜を編んだ

いくつもの　あしたの
肺の最奥に咲く花を
しらず　ゆらすための風が
あなたの微熱をのせて
ぬるい路地を泳いでゆく
何度でも
帆を張るから、

深爪が癒えたなら　また
つぎの音を　きかせて